Für alle deine Tage ein freundliches Licht

FREIBURG · BASEL · WIEN

Lebenslicht

Leben heißt:
dankbar sein für das Licht
und für die Liebe,
für die Wärme und Zärtlichkeit,
die in Menschen und Dingen
so einfach gegeben sind.

Phil Bosmans

Im Licht *des neuen Tages*

Wenn sich das erste Licht am Himmel zeigt und die Vögel ihr Morgenkonzert anstimmen, dann beruft uns das Leben dazu, in einen neuen Tag aufzustehen. Noch ist alles möglich, um die Zeit lebendig zu füllen. Jeder Tag ist ein einzigartiges, niemals wiederkehrendes Geschenk. Wir können kein Gestern wiederholen. Aber aus dem heutigen Tag können wir etwas ganz Besonderes machen.

Christa Spilling-Nöker

In einem anderen Licht

Der Engel der Dankbarkeit schenkt dir neue Augen, um die Schönheit in der Schöpfung bewusst wahrzunehmen, die Schönheit der Wiesen und Wälder, die Schönheit der Berge und Täler, die Schönheit des Meeres, der Flüsse und Seen. Du wirst erkennen, dass in der Schöpfung der liebende Gott dir zeigen möchte, wie verschwenderisch er für dich sorgt. Du wirst sehen, wie du alles in einem andern Licht erkennst, wie dein Leben einen neuen Geschmack bekommt.

Anselm Grün

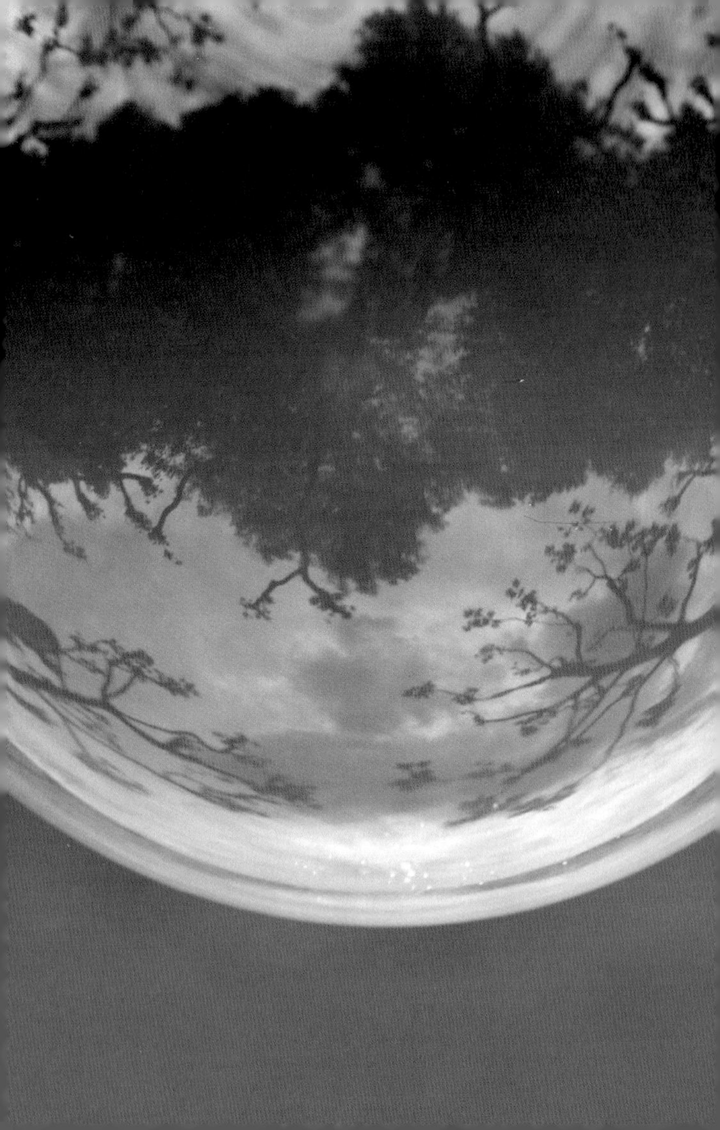

Voll Dankbarkeit

Wenn wir ins Licht treten,
können wir mit großer Freude
und Dankbarkeit erkennen,
dass alles, was gut, schön
und wahr ist, von Gott kommt
und uns in Liebe angeboten wird.

Henri Nouwen

Tag für Tag

Gott wartet darauf,
dass wir das Licht suchen,
das all den kleinen Toden,
die uns Tag für Tag aufzehren,
eine Bedeutung verleiht.

Joan Chittister

Lichtschatz

Nichts kann mich trennen
von der Liebe, die ich in mir habe.
Ich bin ein Tontopf voller Risse
und Sprünge, aber auch durch diese
kann das Licht leuchten.
Das Licht von dem Schatz,
den Gott in mich hineingelegt hat.

Ylva Eggehorn

Wir sind Licht

Weise ist es,
mitten in der Finsternis
voll Hoffnung zu warten
und aktiv zu sein
und dabei niemals
an dem Licht zu zweifeln,
das Gott selbst immerdar ist –
und das auch wir sind.

Richard Rohr

Himmelslicht

Gott ist Licht,
und weil er Licht ist,
wird es hell in uns.
In dem Maße,
wie dieses Licht in
unserer Tiefe aufblitzt,
ereignet sich der Himmel
in uns.

Anton Rotzetter

Göttliches Licht

Ich preise Dich, göttliches Licht,
Du strahlst aus der herrlichen Sonne,
Du blinkst aus den lieblichen Sternen,
Du leuchtest aus jeder Welle,
die murmelnd zum Strande eilt.

Marie Eugenie delle Grazie

Klarheit

Die Natur ist den Menschen gegeben worden als ein klares Fenster, durch das Gottes Licht in die Menschenseele einfallen konnte.

Thomas Merton

Neue Kraft

So wie sich das Licht auch in
den Splittern eines Spiegels
bricht und uns, oft momenthaft
nur, auffunkelt, so leuchtet uns
auch in den Bruchstücken und
Brüchen unseres Daseins so viel
Licht auf, dass wir wagen können,
wieder neu zu träumen.

Christa Spilling-Nöker

Spiel des Lichts

Wenn du im Sommer morgens durch eine taufrische Wiese wanderst, dann fühlst du dich frischer und lebendiger. Der Tau lädt dich dazu ein, über das Spiel des Lichtes in den Tropfen zu staunen. Es ist etwas Unberührtes. Du scheust dich, dieses Geheimnisvolle zu zerstören. Es fordert dich auf, einfach zu schauen, zu betrachten, zu staunen.

Anselm Grün

Mensch
werden:

Das Herz öffnen und die Hände,
empfangen und geben.
Lichter setzen im Dunkel.
Selbst zum Licht werden.
Eins werden mit dem Licht.

Corinna Mühlstedt

Mein Licht

Mein Licht in die Mitte stellen
zu meinen Gaben stehen
darin meine Lebensaufgabe
erkennen

Pierre Stutz

Geheimnis der Seele

Das wahre Licht ist das Licht, das aus dem Innern der menschlichen Seele hervorbricht, das den anderen das Geheimnis seiner Seele offenbart und andere glücklich macht, so dass sie singen im Namen des Geistes.

Khalil Gibran

Ausstrahlung

Zünd ein Licht an in meinen Augen
ein Licht, das nicht erlischt
Leg ein Lied auf meine Lippen
ein Lied, das begeistert
Gib eine gute Nachricht
in meinen Mund
eine Nachricht, die frei macht

Anton Rotzetter

Wunder
des Lebens

Himmlisch wird die Erde
für alle, die die Sonne gern haben,
das Licht, die Schmetterlinge, die Vögel,
die begeistert sind von Menschen,
die lachen, tanzen und singen
über die Wunder des Lebens.

Phil Bosmans

Gute Wünsche

Mögen die kleinen Sonnenstrahlen
dich auf deinem Weg begleiten
und dir Licht und Wärme bringen,
das wünsche ich dir von ganzem Herzen.

Ruth Martin

Abendlicht

Koste den Zauber eines lauen
Sommerabends aus und empfan-
ge seine Wärme und sein Licht
als ein Geschenk, das deiner
Seele auch in den kürzer werden-
den Tagen und dunklen Abenden
erhalten bleiben wird.

Christa Spilling-Nöker

Zur Nacht

Wenn des Tages Schein verlischt,
lasse Gott das Licht seiner
Wahrheit dir leuchten.

Nach einem altkirchlichen Abendgebet

Mondlicht

Ich sehe oft um Mitternacht,
wenn ich mein Werk getan
und niemand mehr im Hause wacht,
die Stern am Himmel an.
Sie funkeln alle weit und breit,
und funkeln rein und schön;
ich seh die große Herrlichkeit,
und kann nicht satt mich sehn …

Matthias Claudius

Im Spiegel

Wenn man sich von dem himmlischen Leuchten der Sterne berühren lässt, ahnt man vielleicht, dass sich das Geheimnis des Weltalls in seiner grenzenlosen Fülle in der eigenen Seele einen Spiegel sucht.

Christa Spilling-Nöker

Morgenlicht

Du musst jeden Tag neu anfangen.
Das ist die Lebenskunst.
Jeden Morgen neu sein wie das
Licht der Sonne. Jeden Morgen
aus der Nacht aufstehen.
Jeden Tag neu anfangen mit Händen
voller Hoffnung und Vertrauen.

Phil Bosmans

Der erste Strahl der Sonne
möge deine Augen
und dein Herz berühren.

Peter Dyckhoff

Engel des Lichts

Ich wünsche dir, dass der Engel des Lichtes deine Seele immer mehr erleuchtet, dass das Licht in die finsteren Schluchten deines Inneren eindringt und sie durch seinen Strahl verwandelt in bewohnbare Räume. Dein ganzer Leib wird dann Licht ausstrahlen. Du wirst wie mit einem Schein umhüllt, mit einer hellen und angenehmen Aura umgeben sein. Wenn du Licht geworden bist, dann wirst du selbst zum Engel des Lichts für andere werden.

Anselm Grün

Licht
auf deinem Weg

Mögest du mit guten Freunden
gesegnet sein.
Mögest du gut zu ihnen sein
und stets für sie da sein.
Mögen sie dir alle Wahrheit
und alles Licht bringen,
deren du für deine
Wanderung bedarfst.

Irischer Segen

Quellen

Texte

Die Texte von Phil Bosmans, Joan Chittister, Peter Dyckhoff, Ylva Eggehorn, Anselm Grün, Ruth Martin, Corinna Mühlstedt, Henri Nouwen, Richard Rohr, Anton Rotzetter, Christa Spilling-Nöker, Pierre Stutz wurden Werken der genannten Autorinnen und Autoren entnommen, die alle im Verlag Herder, Freiburg im Breisgau, erschienen sind.

Text S. 34/35 zitiert nach: Khalil Gibran, Sämtliche Werke, Düsseldorf 2003, 137. © Patmos Verlag der Schwabenverlag AG, Ostfildern.

Fotos

© photocase: >aNnA: 30; aquila_KL: 8; claudiarndt: 42; complize: 28; David Dieschburg: 10; davjan: 46; fisheye: 38; FloKu.: 24; froodmat: 20; GomanGorson: 32; _inken_: 52; jock+scott: 6; Josephin.nb: 56; mathias the dread: 48; Mella: 40; Mikromaus: 16; navina7: 26; Obivan: 54; *paula*: 18; Peiler: 36; prokop: 22; stageworker: 44; steko7: 34; Violess: 14; yvsolarange: 12; zach: 51

Licht – Weisheit voll Lebenskraft

Worte voll Licht

64 Seiten | Durchgehend farbig | Mit zahlreichen Fotografien
ISBN 978-3-451-33247-0

Zu deinem Geburtstag ein Licht auf dem Weg

64 Seiten | Durchgehend farbig | Mit zahlreichen Fotografien
ISBN 978-3-451-33243-2

Zur Genesung ein stärkendes Licht

64 Seiten | Durchgehend farbig | Mit zahlreichen Fotografien
ISBN 978-3-451-33245-6

In Zeiten des Abschieds ein tröstendes Licht

64 Seiten | Durchgehend farbig | Mit zahlreichen Fotografien
ISBN 978-3-451-33244-9

Im Morgenlicht

Meditative Musik für den neuen Tag

Audio-CD | Spielzeit: ca. 60 Min.

www.herder.de

Redaktion: Gundula Kühneweg

Umschlagmotiv: © iStockphoto/Agata Urbaniak
Gesamtgestaltung:
Büro Magret Russer und Gabriele Pohl
Herstellung:
GRASPO CZ, a.s.

Gedruckt auf umweltfreundlichem,
chlorfrei gebleichtem Papier
Printed in the Czech Republic

ISBN 978-3-451-33246-3